실비아
수수께끼

실비아 수수께끼

초판 1쇄 발행 • 2014년 5월 9일

지은이 • 이진희
펴낸이 • 황규관
편집 • 엄기수 김은경

펴낸곳 • 도서출판 삶창
출판등록 • 2010년 11월 30일 제2010-000168호
주소 • 121-838 서울시 마포구 서교동 355-22 우암빌딩 4층
전화 • 02-848-3097 팩스 • 02-848-3094
홈페이지 • www.samchang.or.kr

디자인 • 정하연
인쇄 • 신화코아퍼레이션
제책 • 국일문화사

실비아
수수께끼

이진희 시집

삶창

나를 도저히 사랑할 수 없는 순간마다
내 안에 도사리고 있는 괴물을 사랑하려고
하루하루
살아왔다, 살아간다.

2014년 4월
이진희

차례

제2부

제4부

제
1
부

종소리

그럼에도 불구하고
사랑하지

즐거운 타인보다는 우울한 나를
설탕 절인 딸기가 가득한 달콤한 단지보다는
벌레 먹은 살구를 담은 곰팡이 핀 바구니를
불쾌하고도
불완전한 시절을

부활한 사람의 아들
그를 낳았다는 어머니에게 무릎 꿇은 적 있다
오로지 육체의 통증 때문에

육체는 쓰디쓴 약
그때에도 완전히 굴복하지 못했다
일요일 아침에 울려 퍼지는 종소리뿐 아니라
터무니없이 허약해진 정신을

백치 혹은 백지처럼 몹시
사랑했으므로

종소리는 총소리
그럼에도 불구하고 아름다운 것들
아름다워야 하는 것들을

나의 쓸모

강요하지 말아요

입맞춤은 좋아하지만
누군가와 나란히 팔짱 끼고 걷는 건 싫어요

잠깐은 마주 설 수 있지만
한 몸처럼 나란히 걸을 순 없는 건
오전 9시부터 오후 5시까지는
내가 누군지 모르겠다가
오후 7시부터 새벽 3시 사이에
수두룩하게 나와 악수하고 가는
쓸모없는 나들 때문인지도 몰라요

가능하면
쓸모없어지고 싶어요
오후 7시부터 새벽 3시 사이
물결에 몸을 맡긴 채 떠가는 들오리처럼

억지로 오리배에 태워도
페달을 밟지 않을 거예요
오전 9시부터 오후 5시까지라면
발 구르는 시늉을 할지는 몰라요
쓸모없어지려면 아직 멀어서
아직은 말뿐인 거라서……

하루 열여섯 시간을 자는 나무늘보처럼
그 나머지 시간에도 줄곧 졸고 있는 나무늘보처럼

나무를 베고 싶지 않아요 모래를 퍼내고 싶지 않아요
참호를 파고 싶지 않아요 총을 쏘고 싶지 않아요 유일한
신에게 기도하고 싶지도 우주여행을 하고 싶지도 않아요

수백 년 전 당신이 쓴 편지가 나의 심장을 찢어요 거기
엔 아무것도 적혀 있지 않았어요 어떤 얼룩뿐 피일까요
술일까요 눈물일까요 당신은 편지를 보낸 적 없는지 몰

라요 편지를 쓴 당신은 없었는지 몰라요

살아 있는 동안은 물론 죽은 뒤에도
영 쓸모없어지고 싶어요

와흘

바닷가 시장에서 신중한 자세로
마른 물고기를 고르고 난 우리는 와흘
와흘로 갔다

마른 물고기들은 육지의 주소지 몇 곳에 선물로
틀림없이 배달될 예정이었는데

와흘에 가까워질수록
마른 물고기의 좋은 맛에서 비롯한 우리의 대화는
어색해지고 기어이

너는 너의 슬픔을 멈추지 못했고
나는 눈물 흘리고 말았다

와흘, 와흘
그토록 고요하고 아름다운 곳이자
그토록 처음인 곳이었음에도

다 자란 어른의 수완으로도 질량을 줄이지 못했던
해독하기 힘든 슬픔이라면
무작정 흘러넘치는 것을 내버려둘 수밖에
그럴 때는 그럴 수밖에

사랑하면서도 증오하는 마음
마른 물고기를 보내고 싶었으면서도 외면해버린
네 마음에서 가장 가까우면서도 먼 주소지

자신에게 가장 잔혹한 적은
자기 자신

여행의 즐거움에 슬픔은 계획되어 있지 않았고
마른 물고기를 산 그날은 하필 성탄절이었는데, 그날

이국의 국경처럼 아름다운 그 들판 어느 지점이

매우 흉측하고 널따랗게 파헤쳐지고 있었다

적과 친구

마법의 두꺼비가 피 묻은 단도를 물고는
펑, 하고 사라져버리길

저의 죽음이 예고된 봉인 편지를
제 발로 신속하게 전달하게 하는 일

증오에서 뽑아낸 피의 잔을
스스로 어처구니없이 엎질렀음에도
훔친 보석을 선물하곤 진심 어린 답례를 기다리는 일

한 손으론 유리공처럼 아슬아슬한 구원을
남은 손으론 돌멩이 같은 단단한 파멸을 바라면서도
기도의 내용을 감추는 일

그를 위해
오래 기도했다고만 알리는 일

서리 낀 창가에 서서
봄이 막 도착한 정원을 전부 파헤치라고 명령하는 일

스스로 고통스러워하는 당신을 끝없이 모욕하고는
그걸 견디는 당신이라야만 사랑하겠다고
맹세하는 일

나르시시스트 수업

너라는 육체와 영혼보다 더 좋은 문장을
구현하지 못한다면

아아, 참으로 아름다운 눈 코 입으로 장식한 페이지
가슴은 다정하고 깃털조차 향기롭구나

서둘러 밑줄 긋고 베낀다
하나의 너를 거의 외우고 나면 엄지와 검지를 펴
너의 관자놀이에 겨누고는 읊조리지
나의 어떤 최초를 너는 훌륭하게 촉발하였지만
최후에 호명되어야 하는 것은
나!

너의 하찮은 재능을 저주하게 될 것
그것만이 내가 너에게 허락한 타당한 의무
여러 겹의 윤리로 요란하게 포장해줄게

너의 친구들에게 일일이 편지하겠다
나에게서 네가 좋은 선물을 받아갔다고
흠, 누가 너의 친구인지를 들키지 말았어야지
정성스럽게 가꾼 그 비밀스러운 정원과 향기로운 꽃밭에
꼭 한 번 내가 방문하도록 허락한 것도
너의 과오

꽃다발이라는
손가락이 가시에 찔릴 염려 없는 낱말과
그걸 묶었던 길고 빛나는 리본만을
잠정적으로 나는 신뢰한다

쉽사리 시들어버리는 꽃잎보다 견고한 이를테면
옮겨 붙을수록 현란하고 견고해지는 소문의 불꽃이 지닌
끈질긴 생명력, 처음으로 회귀할 수 없는 얼룩의 힘을
수정 같은 호수의 수면보다는
거기에 얼비쳤던 노오랗고 날씬한 그림자를

너는 나의 가냘픈 메아리

궁극적으로 벙어리

봄날의 어느 푸른 당나귀 꿈

당나귀 한 마리
해변을

바다처럼 푸른 당나귀 한 마리
분홍빛 모래 쓸려 가고 쓸려 오는 해변을

졸음처럼 아득한 방울 소리 울리며
방울은, 은으로 만들어진 방울
조그마한 리본과 함께 꼬리에 달려 달그랑달그랑
걸어가던 당나귀 앞에

무슨 위대한 마술처럼 커다란
불현듯 물기둥처럼 투명한
문

문턱을 슬쩍 넘어서기만 하면
추위나 폭염이 배고픔이나 피곤이 채찍이 손가락질이

슬픔이

 없다는 세계, 이 무슨 신기루며 신천지인가

 당나귀는 목을 길게 빼고 그 안을 한참 들여다보았다

 참 좋은 세계로구나 그런데 저기에는 또한

 적과 다름없는 친구

 끊임없이 손 벌리는 형제

 병들어 누운 부모

 이기적인 이웃

 죄의식과 위험하고도 아름다운 장미 울타리

 검은 비를 그을 녹슨 처마가

 없구나, 그저 눈부시기만 하구나

 오던 길을

 당나귀는 되짚어갔다 그러자

 비 갠 하늘처럼 푸르던 당나귀는 잿빛 당나귀로

 분홍빛 부드러운 모래 해변은 을씨년스러운 절벽으로

툭, 은빛 방울은 떨어져 나가 어디론가 사라져버리고
등에는 아슬아슬 산더미 같은 짐 꾸러미들
캄캄해지기 전에 도착해야 할 마을은 멀고도 첩첩산중

비탈진 자갈길을 미끄러져 내리며
한 걸음
다시 한 걸음
견고함을 가장한 허약한 낱말들이 머릿속에 모락모락
피어오르는 걸 씩씩하게 뿌리치며
당나귀는 걸었다

이따금 쓸쓸한 목청으로 길게 울기는 울었다

설탕단지

새로 마련한 유리단지에 처음으로 깨끗한 설탕을 붓듯
조심스럽게 털어놓았던 마음들

달콤한 편두통의 나날들
하얗게 반짝거리던 불면의 밤들

나타났다, 사라……진다
개미, 개미
개미 떼
금 간 관계의 위태로운 바람벽에
새카맣게 줄지어
그 어여쁜 단지를 깨트린 게
너는 나였다고 귓속말을 퍼트리고
나는 너라고 기억하는데, 분명한 건

깨지던 소리
힘 아무리 센 권력자라도 우리들에게서

데리고 나올 수 없는
쨍그랑!
소리가 이따금 고막을 찢는다는 것

깨진 유리와 설탕을
맨손으로 쓸어 모으는 시간, 쓸어 모아
죽은 개미와 함께
한 숟갈씩 삼키는 시간

너를 해석하려고 애쓴다
너에게서 멀리멀리 뒷걸음질 치면서

사람의 학교

목숨을 구하여 살아가느니
슬프고 쓸쓸한 일

부모와 이웃
웃음을 잃은 소년에게는 아직
자유로운 손발
부싯돌, 보랏빛 싹이 트기 시작한 감자 자루
다정한 아버지의 말이 남아 있다

살아남아라
은신처보다는 친구를 찾아라
춥고 기나긴 겨울과 깊은 숲이라지만 어디엔가
너와 같은 친구는 있다
총 대신 기타를 둘러멘

노래의 흔적을 찾아 나서기 전
동굴을 태운다

울지 마라
기운이 남아 있는 한 걸어라

침묵의 술잔을 마신 눈이
내리고 쌓여
아아, 어둠에 휩싸여
외마디 비명처럼 자작나무 가지를 찢는 밤에도
울지 말아야지, 열심히 걸어야지

쉴 때면
감자의 싹을 도려낸다
한겨울에도 아름다운 노래를 멈추지 않는
친구에게 구워 건네주려고

흐르고 있었다

흐르고 있었다, 우리는
영혼의 부드러운 모래톱과 진흙 기슭
따뜻하지만 슬퍼 보이기도 하는 시간의 얼굴을 따라
작은 물고기 떼처럼 반짝이는 강물의 옆구리를 따라

멀고 먼 진앙지에서
가장 나중에 출발하여
가장 느릿느릿 걸어온 발자국이
부서져가는 세계의 입구를
맨 먼저 두드렸으나 소리 없이
간절하였으나 우리는
너무 일찍 들은 그 투명한 노크를
모르는 사건인 척 뒤척이며
꿈에서 깨고 싶어하지 않았고

모래가 전부 사라진 모래 꿈
물고기가 한 마리도 없는 물고기 꿈

우리가 없는 우리의 꿈

아름다운 흔적이 메마른
꿈이
금속성 고함을 부끄러움 없이 내지르는
외팔 괴물의 보금자리를 굳건히 건설하였다

자, 아름다운가

우리는 익사할 것이다
어느 날 한꺼번에 사막에서

실비아 수수께끼

실비아
실비아이기도 하고 실비아가 아니기도 한
모든 실비아
혹은 특별한 어떤 실비아

처절하게 이기적이고 싶은 실비아
착하구나 장하다 칭찬받고 싶은 실비아
날마다 자기를 부정하는 실비아 그래서 자신을
어느 날은 소녀라고 어느 날은 소년이라고
틀림없이 믿는 실비아
아무것도 아닌 먼지거나 쓰레기였다가
전능하기 짝이 없는 실비아가 되고 싶은 실비아
죽도록 살고 싶은 실비아 그래서
사는 게 헌신짝 같은 실비아 차라리
미쳐버리고 싶은 아름다운 실비아
새카맣게 응혈진 피의 매듭*을 끊어버릴까 말까
고민하는, 고민을 진한 커피처럼 즐기는 실비아

시를 쓰고 싶지만

훌륭한 시를 쓰고 싶지만

쓰고 싶은 시를 쓰지 못하는 실비아

쓰고 싶은 시가 어떤 것이든 상관없는 실비아

다만 쪼글쪼글 늙어가는 실비아

쿠키를 굽지 않는

구운 쿠키를 먹일 아이를 낳지 않은 실비아

무엇이 실비아를

머뭇거리는 실비아로 살게 망쳤을까

실비아가 망치는 실비아

망가진 실비아가 복원하려고 애쓰는 실비아

망가진 실비아를 복원하려고 애쓰는 실비아

모두가 자기를 사랑한다고 착각하는 실비아

누구에게도 사랑받지 못하는 실비아

한참 어리고 한참 늙은 실비아

한참 착하고 한참 나쁜 실비아

가스오븐을 분실한 실비아

일부러 분실하고 일부러 살아가는 실비아

혼자 처박혀 있을 때 세상과 함께하는 실비아

끝나지 않을

실비아 수수께끼

언젠가는 끝내야만 할, 끝내고 싶은

실비아 수수께끼

• 『실비아 플라스의 일기』 중에서.

나와 상관없이

나와 상관없이 비가 내린다

나의 젖은 머리칼에
오래전에 죽은 친구의 손가락이 스친다

오래전에 죽은 친구는 나와 상관없이 죽었다
나와 상관없이 죽은 친구가 나를 찾아온다
허리까지 냇물에 잠겨 하얀 발가락
거무스름하게 흔들리는 물풀

친구의 얼굴은 앳됐으나 모르는 사람의 얼굴
죽은 친구는 내가 모르는 사람이었는지 모른다

나와 상관없이 진행되는 꿈
나와 상관없는 것의 고통
나와 상관없다는 고통

어찌해볼 도리 없는 꿈에서 깨어난 아침
배고픔과 상관없이 밥상을 차린다
아침을 굶어선 안 된다는 것은 교육받은 결과
나와 상관없이 진행된 교육이
나를 옭아맨다

나와 상관없이 규칙이 만들어지고
나와 상관없이 만들어진 규칙을 준수하느라
비가 내리거나
붉거나 노랗게 물든 나뭇잎이 떨어지는 것에 상관없이
같은 시각에 같은 장소에 나가 앉아
나와 상관없어 보이는 일들을
나는 처리해야만 한다

나와 상관없이
내리는 비
부는 바람

고층에서 뛰어내리는 사람들
주저앉아 땅을 치며 울부짖는 이들이 있어

오래전에 죽은 친구가 꿈에 다녀가고
친구의 집 허물어진 화단을 기억해내려고 애쓰고

상관이 있었다고 해도 도저히 알 수 없었을
내가 아닌 것의 고통

누구의 고통과도 상관없는 밤이 진군해 온다

저 구름 멀리 흘러가는 곳

저 구름 멀리 흘러가는 곳

멀리 아주 멀리

흘러가는 그곳에서

나는

왔다 구름과 함께

이곳으로

햇빛과 함께

초록빛 어지러운 소음, 출렁이는 물결과 함께

울음의 연주자처럼

슬픔의 연구자처럼

검은 베일을 발끝까지 늘여 쓰고

구름과 함께하지 않은 날

없었다

명약관화한 날

없었다, 불균형, 불완전, 불일치의 나날

예측할 수 없어서

태어났다 나는 그렇게

태어나 살다가 죽을 것이다 마침내

오직 구름만을 사랑한다던 시인을 그러므로 나는
사랑한다, 구름과 함께
죽은 다음의 일을 알고 싶지 않다

저 구름
멀리
흘러가는 그 어느 곳에서
뭉게뭉게 나는
만들어졌으니까
언젠가 아름답게 흩어질 테니까

프랑켄슈타인

오, 메리 셸리*
배꼽 없이 탄생한 내가 빨아보고 싶은 젖꼭지
당신을 엄마라고 불러야 할지 아빠라고 생각해야 할지
당신이 나의 이름을 부르지 않아서
프랑켄슈타인 박사는 내 이름을 짓지 못했다
나라는 조각들을 이어 붙였을 뿐

추워, 메리 셸리
엄마라고 부를 엄마가 없어서
엄마를 대신할 애인도 없어서
탐구할 어린 시절을 원천봉쇄한
프랑켄슈타인을 엄마라고 생각하기 오싹해서
추운데도 북극으로 가
쇄빙선처럼 무자비하게 얼음을 깨며

북극으로
더 북극으로 가서 북극곰처럼 예민하게 외로워졌지

북극보다 차고 외로운 존재들로 나는 구성되었다
산 것의 냄새를 맡은 지 오래된
북극곰처럼 난폭해졌지
난폭하게 굴다 덜컥 죽어버리기로 작정했지

죽도록 외로워서
당신을 없앨 방법을 찾아내지 못해서
프랑켄슈타인을 죽이고 말았다
그러고도 나는 천국은커녕 이름을 얻지 못했으니

한 페이지도 읽은 적 없으면서
나를, 이름 없는 나의 심정을 안다고 생각하는
이에게 당부한다, 한 번쯤 아름다운 상상력을 발휘해
나의 이름을 무어라 하면 좋을지
아파해달라고

• 『프랑켄슈타인』의 저자.

어디나 천사*들이

날개 없이 여백 없이 과연 몇백 일인지
몰라도, 모른 척해도

어딘가 곳곳에서
한밤에도 허공에 떠 있어 잠 못 이루는 이들**

불가해한 빛깔의 봄여름가을이 추방되고
겨울의 싸늘한 혀가
우리와 이웃들의 따뜻한 잠의 껍질을 핥아
속살이 벌겋게 드러나는데도
모른다, 모른 척한다

지치고 피로한 노동자들과 사랑에 빠지라*** 하얗게
숱한 밤을 지새우고 머리가 세도록
발아래 사다리를 치우고
켜지 않은 보일러처럼 파랗게
새파래서 뜨거운 불꽃처럼 아무렇지 않게

사랑에 빠지라, 그렇다

태초부터 지금까지 우리에게 전달된 메시지는 바로
사랑

스스로에게 좌절하지 않은 이들이
캄캄한 허공으로부터
한 계단 두 계단 눈물을 흘리며 하강할지라도
의심할 줄 모르는 이웃과 겁 많은 우리에게는
짧은 기쁨의 순간보다는
끈질긴 슬픔과 고통이 함께할 것이지만

미래가 되기 위해 생생해지는 현재의 감각
과거에만 머무르지 않는 감정들
스스로를 올바로 사랑하고
먼 곳의 이웃까지 오래 위로하는 일
쉽지 않지만

날개도 온기도 고귀함도 박탈당하였으나

그래도 어디나 천사

천사들이

* 앙겔로스(angelos), 신의 뜻을 전하는 자.
** 찬송가 〈The First Noel The Angel Did Say〉의 부분 '저 들 밖에 한밤중에 양 틈에 잠든 목동들'을 변용.
*** 2011년 10월 뉴욕 주코티 공원, S. 지젝의 연설문 중에서.

제
2
부

딸기밭

딸기밭에 간 적 있다
아끼던 새 옷에 딸기물을 들인 적 있다

소나무 숲속 오리백숙집
푹푹 삶은 오리 냄새가 떠다니는
초여름의 딸기밭

끝물이라도 딸기는 달아
소풍 온 유치원생들은 앞다투어 딸기를 따고
삶은 오리 냄새가 진동해도 딸기는 달아

그를 따라 딸기밭 옆 오리백숙집에 간 적 있다
주문해놓았다는 오리백숙은 오래도록 삶겼고
대바구니에 담겨 나온 끝물 딸기는 제법 달았는데
이마며 손바닥에는 땀이 배고
창문 닫힌 바깥은 꺅꺅, 덜 익은 딸기 같은 아이들

원피스는 딸기물로 얼룩지고
딸기밭이라면 다시는 가기 싫고
딸기가 싫어
뭉그러지기 쉬워

딸기를 너무 세게 움켜쥔 아이들은 울상

딸기밭에 간 적 있다
초여름 딸기의 맛으로 이따금 그녀를 추억하는
오리백숙 냄새를 풍기는 당신이 있다

불완전한 선희

아버지는
그저 늙기만 한 나의 아버지는
슬픔의 축축한 뒤뜰에 무엇이 자라는지 아직도
관심 없다, 분노에 골몰하느라
응달의 꽃들이 언제 피고 지는지
배추흰나비가 갑작스러운 폭우를 어떻게 피하는지
아니? 하고
봄이나 가을의 어느 날 어린 나를 무릎에 앉히고
한 번쯤 다정하게 물어봐 주었다면

증오가 아니라 친구를 원했으면서
여전히 간절히 원하면서
선물보다는 선의를
그리고 내 이름을 어쩌다가 선희라고 지었다면
혹은 아버지의 어느 생의 아름다운 이름이 반드시 선희
라면
슬픔의 다정한 목소리가 뜻밖에 선희라면

선희야, 놀자, 라는 대문 밖 호명처럼
같이 슬퍼해주기를 원하면서
원했으면서

그래서 나는 태어났을 것이다
슬픔을 정면으로 마주하는 법을 습득하지 못한 아버지
를 위해
다시 태어나지 않으려고
윤회도 구원도 사양한 죽음이거나 삶
은하를 떠도는 고장 난 우주선처럼 쓸쓸하기 짝이 없겠
지만

슬픔을 모르는 아버지가 더는 태어나지 않았으면
증오로 가득한 아버지의 머나먼 옆모습부터 사랑해보
려고

그의 분노를

막 낳은 핏덩이처럼 뜨겁게 끌어안은 채

십자가에 제 아들을 매단 신에게 밤낮으로 간구하던
나의 할머니
그러나 그녀와는 다르게
회개도 기도도 없이 부끄럽게

400번의 구타[*]

나의 차가운 피와 바꿔줄 수 있겠니?
너의 다정한 마음

팽개쳐졌다 일어설 때마다
유리로 된 혈관은 무릎부터 다른 형태
심장을 꿰뚫고 나와서는
햇빛에 반짝거린다

두부와 계란!
조심해서 들고 오라고 몇 번을 말했니

투명한 혈관을 타고 급속히 퍼져나가는 담배 연기
좋아, 어지러워서

진심을 암호로 털어놓는 버릇
깊이 숨겨둔 힌트 없이는 나조차 해독할 수 없지만
친절하고 따뜻한 친구가 몹시 필요하지만

그가 나를 견딜 수 있을까?

내가 느끼고 있는 내가
나에게서 한참 벗어난 내가 아닌 것 같은 나인지
나에게 제법 남아 있는 위태로운 나인지

새파란 하늘에는 순도 높은 강철을 씌워줘
갈아 끼운 그날 다시 부서지는 창문은 이제 사양할래

바깥이든 내부든
함정 아닌 곳
무기 아닌 것
없어

연필을 뾰족하게 깎는 게 두려워
손목이며 목덜미, 이마
허공에까지

자꾸만 돋아나는 검은 눈알들을 찌르지 않고는

견딜 수 없을 것 같아

* 프랑소와 트뤼포의 영화.

길쭉해지는 탁자

사랑하는 당신에 대한 슬픈 생각
사랑하는 당신에 대한 나쁜 생각

멈출 수 없을 때
서로를 전혀 모르는 표정을 한 똑같이 생긴
심술궂은 어린아이인 나와 내가
길쭉해지는 탁자의 몹시 길쭉한 양쪽에
얌전한 척 마주앉아 노려보고 있다

왜 그따위 어리석은 방식으로밖에
사랑하지 못하나

어째서 한결같이 실패하는 방식으로만
사랑받으려고 안달하나

당신을 너무나 사랑해서 나를 사랑해보려고 애쓸수록
나와 당신에게서 나는 가능한 한 멀어진다

견고하게 증폭되는 거울 속의
거울 속의 거울 속의 깨진 거울 속의 내가
까마득하게 소멸하는 순간의 애초 풍경은

부드럽게 펄럭이는 새하얀 커튼
맑고 푸른 창밖으로는 두둥실 뭉게구름
비가 내리지도 해가 기울지도 않는
언제나 아름다운 정오뿐이어야 하는 세계

한 방울의 얼룩이 전부를 더럽히며 팽창하는

길쭉해지는 감정
한없이 길쭉해지다가 바짝 메마르는 슬픔을
주된 성분 삼아 불완전 성장을 거듭하는

도마뱀 수프

잊는다
일부러, 너무 쉽게

어저께까지 정신없이 떠먹던 수프를

몇 순갈이나 먹었는지
재료가 무엇이었는지
어떤 깊숙한 그릇에 담았던 건지

잘린 꼬리를 재빨리 포기하는
도마뱀처럼

스스로가 도마뱀이라는 것까지
까마득히
잊어버린다

잊고서 다르게 기록하려고 애쓴다

불행한 일일까 행복한 일일까
거침없는 확장이 아니라 섬세한 확대를
불완전한 사상보다는 불안정한 시상詩想을
믿는 일

무엇을 써도 괜찮은 걸까

세심한 관찰자의 눈을 용케 피했다고 해서
나쁜 일을 하고도
축복받기를 바라지만 않는다면

그레텔, 그레텔

  토끼 인형이 사라졌어 오빠, 한시도 손에서 놓지 않았
는데 삐걱거리는 마루, 불 꺼진 숲, 붉은 냇물 흐르는 개
수대, 도끼가 나뒹구는 부엌…… 뒷문을 박차고 나와보
니 손에 쥔 건 나흘 된 빵 아니 딱딱한 돌멩이

  굴뚝 너머 반짝이던 겨울 햇빛아, 지붕 위에서 작별 인사
하던 줄무늬 고양아, 무슨 일이 있었던 걸까? 지난밤 쿵—
쿵쿵— 비명, 낯익은 비명이 들려오는데도 잠에 빠져들었
지 이상하기도 하지 쿨, 쿨 모를 일이야 오빠, 어디 있어?

  붉은 혀 날름거리는 뱀이었을 거야
  통통하게 살 오른 미치광이버섯이었을 거야

  그런 말 마 아빠 아닐 거야 장작이 한 개비도 없었잖아
엄마도 아닐 거야 커튼은 진작 내다 팔았잖아 어느 해 겨
울 엄마는 아빠가 사 온 새빨간 털실로 벙어리장갑을 떠
준 적도 있다니까 어, 눈이 오네? 선물 상자를 받아 든 어

린애들의 웃음이 환하네?

   등 뒤의 실밥이 탁, 탁 타지고 있어 성탄 파티를 열기 위해서라면 숨이 필요하다지만 토끼 인형을 흠씬 망가뜨리고 파티를 열다니 구운 과자를 내오고 촛불을 켜고 박수치며 노래를 부르다니 더럽고 해진 팔다리 껍데기를 난로에 던지다니 활활 타오르다니 이렇게 발이 시린데 저렇게 따뜻하다니

텅

그러니까 그 방에
나는 없어요

명백한 내가 그 방 안에서
사방으로 뻗어나간 벽지의 똑같은 무늬를 세고
어딘지 모를 처음부터 자꾸만 새로 세고
있지만 나는 없어요

없어요
책상도 침대도 기차도 시간도 기침 소리도

그 방에는 창문이 하나 있었지요
크지도 작지도 않은
그 방과 잘 어울리는 크기와 적당히 낡은 창틀
창문 밖에는 당신, 당신의 손가락
창문을 막아둔 녹슨 철망을 벗기려고
했지요

하지만

그 방에는

없어요, 아무도 아무것도

내가 있기는 있는데 없어요

나는 하나의 의식, 이상하게 배열된 꿈

악몽으로 날마다 뒤척이는 새벽

창문 밖 당신의 손가락은

침착하지만 배려가 없어요 잠시라도

멈추지 않아요

당신은 없고 당신의 무자비한 손가락만 거친 숨소리만

창 밖에 있어요

나무는 겨울에 뜨겁다

내면 깊이 상처 입은 이들이
겨울 별장에 스스로를 유폐한 뒤 상처를 덧내며
악취 풍기는 미로처럼 무자비한 계절에 대한
기나긴 비명을
간신히 썼다
지우기를 거듭하는 동안

뜨거워진다, 나무는
침묵 말고는 아무것도 하지 않는 것같이 보이지만

강철 눈보라
은박지처럼 야박한 햇빛을
주어진 그대로 받아들이면서 붙박인
나무의 내부는 그러나

온종일 걷는 사람의 단단한 종아리보다
질주하는 동물의 터질 듯한 심장보다

쉼 없이 노래하는 사람의 달아오른 성대보다
미친 듯 춤추는 사람의 마룻바닥 같은 발바닥보다

뜨겁다

차디찬 땅속 깊은 곳 어두컴컴한 뿌리부터 뜨거워서
매번 새로운 봄의 문장을 훌륭하게 완성한다

집으로

그 길은
뜨거운 뼈를 물었던 개가 떨어트린 혀

햇빛젤리가
소실점 뭉개진 언덕바지에서 흔들렸다
그림자 없이

판자촌 양철지붕에 펼쳐져
희고 깨끗하게 말라가던 뭉게구름을
거짓말이라고 여겼다

축대에는
붉은 스프레이로 갈겨쓴 낙서 같은 구호

길가 풀숲에는
누군가 한 입 베어 물고서 던져버린 살구 알

완성하지 못했던 쓸쓸한 문장을 마저 읊조리자
속이 빈 씨앗이 입에서 튀어나왔다

오른편 오른편으로만 걸었다고 생각했으나 웬걸
핀에 찔린 나비처럼 어느새
왼편이었다
주먹을 단단하게 쥐고 있었다

황금 새장이 있는 방

황금 새장이
창가에 매달려 흔들리는 방

바깥은 폭풍우로 요란하다

어둑한 방이 벼락처럼 환해질 때
새장에 든 새의 사랑스러움을 알 수 있다
활짝, 새장 문이 열린 것도

새장을 열어둔 이는 새를 가두었던 이
창문도 그이가 열었지
이제 마음껏 날아가렴, 그러나

애초 새장이 새를 위한 것이 아니었듯
새는 나가지 않아, 날갯짓 못해
오래전에 박제된 채로 아름다운 거였거든

아름다운 황금 새장 속에서
죽은 새의 자유가 나날이 더럽혀지고 있는 방

그 어둑한 방이 벼락처럼 환해질 때
알 수 있지, 새장이 하나뿐이 아니라는 사실을

그리고 깨달을 수도 있지

세상은 벼락처럼 샅샅이 환해지기 어렵고
그런 방들이 우리 곁에
얼마나 가까이, 얼마나 무수히
존재하는지를

그 방들 중 어느 방은 언젠가
친절한 친구이자 이웃, 형제자매를 자처하는 우리가
기꺼워하며 오래도록 머물던 방이기도 하다는
평범한 사실을

불쑥

소란스럽고 더러운 광장을 배회하던
낯 뜨거운 손이
고요하게 얼어붙은 투명한 어깨를 거머쥐다
불쑥

다정한 인사를
가장하여

화들짝, 뿌리치려고 하자
가짜 손목을 끊고 달아나는 척하다
온몸이 헛바닥인 도마뱀

똑—
똑, 똑—

폐부까지 휘젓고서야
흑마술처럼 끈질긴 불길은 사그라지다

슬픔으로 흥건한 바닥에는 툭, 형체 없이 엉겨 붙은
숯덩이 문장들

바야흐로
고통스럽게 삼켜 숨겨둔 씨앗을 게울 때다

그을린 복사뼈

미약하지만 단단한 분노를
사라져버린 두 팔로 힘껏 내던지다

밑 빠진 욕망들이 거듭 눈에 불을 켜는
현란하지만 어두컴컴한 방향으로

페리호

1978년 초겨울 중문을 떠난 일가를 태운 페리호가 1983년 수원 시외버스터미널과 기차역 사이에 제법 오래 닻을 내렸다

정처 없던 뱃머리는 목포, 강진, 답십리, 홍제동, 면목동의 비좁은 골목, 가파른 계단 등지를 기웃기웃, 기우뚱거렸다 안양시 신안동 외곽에서 다섯째 아이가 태어났다 이번에도 계집애였다 어른 둘에 아이 넷이 다리 포개고 자던 단칸방 입동 지나고 소설도 지난 즈음이었다

이후로도 어디나 몇 달을 머물지 못했다 어디든 삼등객실에 웅크려 누운 밤이거나 항구 인근 쥐오줌내 밴 여인숙에서 보낸 며칠 침몰할 것만 같은 나날

폐선에서 가까스로 탈출한
목숨 일곱은
더는 상행선도 하행선도 타지 않았다

섬에서 얻은 습성이었을까 오랜 멀미 탓이었을까 조난
을 면하고도 국숫집의 서터를 올리는 첫새벽마다 가장
과 그의 처는 고립무원 망망대해를 떠돈 악몽에 시달린
얼굴

　가게에 딸린 그곳 단칸방에서도 하루가 멀다 하고 악다
구니와 주먹질은 밤새 오갔으나 어느 모서리를 쓸어도
밀가루가 부식물처럼 묻어났으나 철없는 어린것들이 어
지간히도 와글거렸으나 펄펄 끓는 솥에 국수 가닥이 몇
줌씩 던져질 때마다 가라앉을 듯 다시 떠오른,

　우리 가계에 익사자는 없다

안개 아침

질주하던 차들이 사라지고 있었다
서서히 기지개 펴고 있는 안개 속으로

아침저녁으로
안개가 흔하게 발생하는 지역
멀리 비상활주로 끝을 안개는 금세 완강하게 막아섰고
부연 빛들이 붉게 깜박이고 있었다, 느릿느릿
가서는 안 될 것 같은 그곳으로 가야 했다

안개 속에서
아침 안개에 푹 젖은 연둣빛 철망 안에서
안개에 발목 잡힌 석재공장 사내가
작업장 울타리에 우거진 잡풀들을 베고 있었다
뭉텅뭉텅 나가떨어지는 잡풀들
베어지기 위해서 잡풀들은 자라는 걸까
베어지기 위해서 자라는 풀들이 있을까
어쩌다 저 풀의 씨앗들은 마침 저곳에 떨어져

전지전능한 신이 휘두르는 듯 무심한 낫질에
속절없이 단죄당하는 모습을 보이는 걸까

자동차의 핸들을 오른쪽으로 틀면
고가도로가 이어지고 안개의 근원지인 개천이 있다
개천은 더럽다, 더러워졌다 그곳에 뛰어들어
은빛 물고기를 잡던 시절을 간직한 사람들도 만났으나
그들도 이제 더러운 개천에 반짝이는 햇빛보다는
주변의 땅값을 가늠하고 어찌 되든 개발을 선호한다

안개 속에 더러운 몸을 감추었지만
무럭무럭 피어오른 안개에 밴 악취를
개천은 감추지 못했다

안개의 흐릿한 악취 속으로 나는 빨려들어 갔다

수용소

아버지에게
자유를 주기로 했어, 오늘만큼은 그러기로

하늘은 파랗고 바람은 부드럽고
찻잔은 따뜻하다

어떤 순간은 내가
괴물이 아닌 것 같아, 하나같이 나를 두려워해도
그다지 기분 나쁘지 않아

괴물도 미소 지을 때가 있다는 거지

슬금슬금
나의 심장에서 네 발로 기어 나오는 아버지
채찍질 않을 테니
발목의 쇠고랑을 풀어드릴 테니
춤추고 노래해봐요

오늘 날씨는 즐거운 춤과 노래가 어울리는 날씨

오늘만큼은
욕설도 채찍질도 않을 테니

좋은 말로 할 때, 내 마음에 들도록
어서!

제 3 부

마늘

어머니가 마늘을 찧는다

나는
자꾸
절구통 밖으로
튄다

치워요 절구공이
나는
껍질이 점점 딱딱해지는 알뿌리
으깨지지 않을래

치워요
이러거나 말거나
숟가락 젓가락질만 바쁜 아버지

치워버려요 나를

썩지 않을
싹틔우지도 않을

어머니가 절구질을 한다

마디 굵은 손가락을
매우
짓찧는다

보리죽의 시간

고통은 산목숨이 겪는 일

불꽃은 비명 지르거나 발버둥 치지 않는다
자정을 정오처럼 밝히지만
반짝이던 창문과 새하얀 커튼을 불기둥으로 만들지만
마침내 새카맣게 꺼지겠지만

공평무사한 태양도 꺼지겠지 언제일까
선악은 사람의 일

손가락 한 마디만큼도 짐작할 수 없다
촛불 속에 검지를 넣고 견디는
몇 초

부드럽지 않아도 좋다
끓이지 않아서 좋다
식탁과 의자가 전혀 없어서 아름다운 부엌

믿음직하고 순한 짐승에게서 얻은 젖에

거친 보릿가루를 갠 소박한 죽을

조용하고 평화로이 나누던

사람들과

살아 숨 쉬던 그들의 체온

아무 일도 일어나지 않는 시간을 사랑할 능력이

탐욕 때문에 올바름을 포기하지 않을 재능이

우리에게 나에게

있을까

있다고 믿어야 할까

불타는 것의 고통을

불꽃이 모르거나

결코 알고자 하지 않더라도

스스로를 불꽃 속에 온전히 던져 넣은 이들의

헐떡이는 마지막 숨결을

끝내 외면하지 않을 용기와 인내심이

우리에게 나에게

있을까

있다고 믿어야 할까

Y에게

나의 방 조그마한 책상으로 초대하고 싶었다
어리지만 아름다운 시인이던 너를

함께 한 권의 책을 마지막 페이지까지 읽고 나면
진보랏빛 비로드 같은 밤은 창문에 드리워져 있고
그러면 나는 냉큼 너의 따뜻한 어깨에 가볍게 팔을 두
르고
우리 집에서 자고 가, 라고 속삭일 수 있었을까
갓 부풀기 시작한 젖가슴이 수치스러우면서도 우리는
식어버린 욕조에 마주앉아 쪼그라든 손끝으로
착 달라붙은 서로의 젖은 머리칼을
서툴지만 다정하게 쓰다듬었을까

그때, 너를 무척이나 사랑하던 때
사납고 무서운 아버지를 가둘
깊숙한 벽장과 튼튼한 자물쇠가 내게 있었다면
그랬다면 나는 지금과는 다른 나로 자랐을까

너에게 보여주기 싫었다, 시시하지만
이것이 내가 너에게 못 다한 고백의 일부분

울지 않으려고 느닷없이 화내고 화를
참지 못하는 것이 화가 나 주먹을 휘둘렀다는 걸
깨달았지만 그런 아버지를 내가 꼭 닮았다는 걸
깨닫기까지는 또 한참

사랑은 희미해졌지만 믿음은 잃지 않아
이제는 너에게 말할 수 있다
우정이란 불완전한 알몸을 편견 없이 받아들이는 것
불완전함을 처음 훔쳐본 설익은 열매처럼
오래 응시하는 것
한 알의 돌멩이를 보석보다 귀하게 여기는 것

그리웠으면서도

너의 안부를 궁금해하지 않던 시간

어린애인 나를 자라게 할 방법을 찾던 시간

네가 시 쓰기를 그만둔 시절 어쩌면 그래서

내가 시를 쓰기 시작했는지 모르겠고

너에게 감염되었던 아름다움을 회복하려고 애썼다

때문에 미래의 나의 시 쓰기가 미완으로 남게 될지라도

실망 않는다, 모르는 사이에

우정을 담아서, 라는 인사가 적힌 시절을

서로 수신하고 있었으니까

아주 늦더라도 언젠가 알게 되는 것들이 있을 테니까

그 시절의 말미에 다음을 추신한다

안녕? 그리고 안녕

목적 없이 사랑한 Y에게

엄마는 얼룩소

엄마를 졸라 소풍을 가자
걸레를 깃발처럼 휘두르며 걷자

햇빛에도
공기에도
풀잎에도

닦아낼 얼룩이 없는
그런 날을 위하여

엄마는 얼룩소지만 엄마처럼은 싫으니까

걸레를 스카프처럼 목에 두르자
카펫처럼 부드러운 엉겅퀴 꽃밭에서 마음껏 구르자

엎어진 밥상, 깨진 창문, 피 묻은 벽지
둘둘 뭉쳐 가지고 놀자

울기만 하는 엄마를 닦아주자

엄마는 얼룩덜룩 얼룩소여서
눈물로 얼룩진 아이를 낳았지만

엄마가 얼룩소라는 걸 알기 전까지
아이는 아름드리나무인 듯 크고 푸르러
들판처럼 한없이 자유롭다가
나뭇잎처럼 부드러운 초록빛 눈동자로 붉은 저녁이 몰
려오는 걸
신비롭게 바라보았지

오, 영원한 얼룩
오, 행복한 얼룩
오, 즐거운 얼룩
예—*

엄마는 얼룩소지만 얼룩소 엄마만은 싫으니까

이제라도 새벽까지 엄마와 놀자

반짝이는 이슬이 맺힌

온몸으로

바람보다 힘차게

들판보다 널찍하게 엄마를 끌어안자

* 나미의 노래 〈영원한 친구〉를 빌려 씀.

탄생 기념일

색색의 종이꽃이 흩날리는 거리
노란 벌 떼처럼 흥에 겨운 인파가 불 밝힌 우주의 한 귀
퉁이에서
기쁨에 들떴을 때 간과하는 일

검은 그림자가 하얀 그림자의 연약한 목덜미를 문다
아무리 크게 소리를 지르고 북을 두드려도 물러날 기미
가 없다
꿈틀거리는 더운 내장을 남김없이 먹어치운다
식은 피로 얼룩진 날카로운 주둥이

눈부시게 하얗던 그림자가 먹물처럼 검어지고
검은 그림자가 흰 그림자로 뒤바뀐다
사방으로 흰 그림자의 칠흑 같은 그림자가 뻗어나간다

예측할 수 없어 불안하지만
이해 못할 것도 없는 불행

확고한 신념이 불러일으키는
오류, 광기, 맹목을 회의하지 않는 세계에서라면

올바른 식생활법과 그에 따른 필수불가결한 예절과 힘
을 전파하느라
침을 뱉는다
울타리를 부순다
총을 쏜다

인적이라곤 없는 지도의 불확실한 지점에 폭탄을 떨어
뜨리는 일쯤이야
그리고 나서 똑바로 피어오르는 연기를 보고 성호를
긋지
사랑하는 나의……로 시작되는 전장의 편지
더할 나위 없는 간절함
순식간에 분노로 변질되곤 하는 그리움

자비란 어느 강도로 간 유리 가루를 섞은 향신료인가
크리스마스란 어떤 단호한 기쁨으로 포장된 폭탄인가

피부라는 한 겹 껍질에 둘러싸인 수만 가지 감정
다 풀어보기 두려운 위험한 선물 상자들

타원

고심하고 반복한다
당신(들)의 외곽에서 척추가 없는 말랑한 고리 노릇을
하며
당신(들)에게 수렴해 가다가 멀어지곤 한다

이토록 슬픈 동경과 제거되지 않는 피곤, 불안함
(모든) 당신의 부드러운 일부를 간직하였고
(어떤) 당신의 첨예한 대부분이 모인
당신(들)이라는 성곽의 구체성을 나는 매번

당신(들) 중 하나가 활짝 웃는 얼굴로
나의 한쪽 손을 두 손으로 세차게 흔들며 인사를 하면
이 선물이 빈껍데기일까 불발탄일까
매순간

첫 당신은 나
내가 아니기를 고대하던 모순투성이의 나

번번이 나는 나를 망치고 싶었으나
닮고 싶은 당신(들) 또한
희박했다

밤하늘, 불꽃이 반사된 강물, 모래밭, 화약 냄새
뭐랄까 사타구니를 타고 흐르는
뜨뜻미지근한 피의 예감

나를 부정하는 동안에만 나는 나를 실감할 수 있다

그러나 그런 내가 아니라면 어디에
물에 젖어 퉁퉁 분 책 같은 나의 슬픔을 감출 수 있을까

그리고 그런 내가 고심하는 당신이 아니라면 어떻게
손가락 사이로 빠져나가는 뜨거운 모래 같은 당신(들)을
그토록 오래 사랑할 수 있었을까

호두

무리 중 가장 힘센 수컷의 뿔
그 슬프고도 커다란 눈동자가 벽에 걸려 있을 때
사랑이 시작되기도 하는 법

눈보라, 눈보라
쉴 새 없이 소용돌이치는 새벽
기어이 혼자서 오두막을 떠난
해묵은 눈 위의 무거운 발자국

너와 깍지 낀 손을 흔들며
거리를 공원을 어두운 골목을 거닌 적 있었지
불빛이 반사된 겨울밤의 까만 창문처럼 반짝이며 웃기
도 했어

봄꽃이 거의 질 무렵에야 봄이었다는 걸 깨달았다
단단하기만 해서 쉽게 부서졌다는 것을

천사들

미카엘, 아니 미하일
눈 내리는 도시를 맨발로 걷는 천사

말해주겠니
잃어버린 날개옷이 아니라
맨 처음 네 손등에 떨어진 촛농의 뜨거움에 대하여
성이 다른 형제자매들이 둥그렇게 모여 앉아 기도드리던
불기운 얼마 남지 않은 석탄난로에 대하여
목적 없는 사물에 대하여

미카엘, 그래 미하일
어떤 언어로든 너는 벌거벗었다
불타 죽은 그들이 어리석었다고 생각하니
야박하기도 하지 기회는 단 세 번뿐
어쩌나 새카맣게 그을렸는지
깨달음은 영영 오지 않을 것 같구나
세 번은 누가 정한 걸까, 그분이?

귀가 빨갛게 얼었구나 갈 곳은 있니
죽은 그들도 그랬지 추웠어

그들도 한때는 인간이었다*
미카엘, 아니 라파엘 어쩌면 가브리엘

죽은 이들에게는 신발이 필요하지 않은데
도시를 점령한 학살자들에게 너의 맨발을 어떻게 설명
할 거니
단 하룻밤의 잠자리를 청하려고 두드릴 대문은
너무 견고하고 높거나 아예 부서졌지

아름다운 것들은
아름다운 것으로부터만 태어나지 않는다

미카엘, 오오 가브리엘, 라파엘
잃은 것이 길이니 믿음이니

헐벗은 채 추운 거리를 헤매보니 어떠니?

* 막심 고리키, 『그들도 한때는 인간이었다』의 제목을 빌려 옴.

a

균열의 시작은 어떤 A들을 고려한
순서와 상황이 모호한 머리카락 한 가닥만큼의
증언들

머릿속에서 침을 발라 떼어내
앞뒤가 어긋남을 찬찬히 확인하지 못하도록
당신들에게 선물을 아끼지 않는다
느닷없는 찬사와 감사
크고 아름다운 말의 잔치, 상자들
당신의 마음과 생활에 당신들이 아직 유용한 A라면

당신은 매번
난생처음 깊은 상처를 입은 어린 동물
최소한의 반격인 양 진흙덩이들을 흩뿌린다
흙덩이마다 반드시 비수를 섞었고
정확히 어떤 A들을 겨냥한 거지만
매우 서툴게 보이도록 즉시

겁에 떨며 반성의 기미를 공개한다
잘못했어, 실수였다고요

당신들이 당신의 실수를 바로잡을 수 있을 거라는
믿음과 희망을 당신은 당신들에게 준다

당신들은 당신이 가엾다
어려서 어리석은 것이든
어리석어서 자라지 않는 것이든

참된 A를 구별해야지 오, 가여워라
실수에 관대하지 못하다면 A는 A가 아니라 a
잊으렴, 내가 보살펴주마
엄마아빠형누나언니오빠애인선생님처럼

당신에게 한때 A였던 당신들은 안다 당신이 차지하고
버린 무수한 당신들의 안방과 정원 거미처럼 집요하고

거미줄처럼 성긴 듯 질긴 말들 탐나는 게 남아 있는 한 당
신들은 크고 높고 반짝이는 어떤 A였다는

　그런 당신을 수용한 것은 당신들
　당신만의 과오가 아니다 당신들의 과오이기도 하다
　당신들은 어떤 A들을 섭렵하고는 그들을 형편없는 a로
치부했는가

　형편없는 당신에 대한 혐오는
　당신들 스스로에 대한 혐오
　당신들의 방과 정원이 당신들 것 아닌 것으로 가득 차
　텅 비었으므로

메리 셀레스테[*]

믿는다

원탁을 빙 둘러 펼쳐진 카드 한 벌
방금까지 그들은 하나같이 평온했고 사이가 좋았다

유람선 식당 칸
의자는 등받이마다 움푹하고
실내의 공기는 따뜻하다

망망대해
나침반이 망가진 배 안
그들은
어디 숨어서 우리가 사라지길 기다리나
사라진 자신들의 마음을 기다리나

믿지 못한다

수신이 확인되었습니다
내가 보냈던 전자편지를
너는 삭제하였…… 나도…… 발신 편지를 없앤다
무엇일까
구겨지거나 불타지 않고도 외면당하는 감정들
사랑했어…… 죽어버려……
기호보다는 유령이 되는 것이 낫지 않을까
너를 빠트리려고 만든 지옥에 내가 빠지지 않으려면

사랑했다

사랑해, 그가 고개를 끄덕였다
사탕으로 만든 창문에 걸터앉은 검은 천사처럼

더는 사랑하지 않아, 그가 고개를 저었다
부서진 망루를 떠나지 못하는 망령처럼

보았다고 증명할 수 없는 것
있었다고 맹세할 수 없는 것들을 위하여
하염없이 눈물 흘린 적이
있다, 있었다

* 1872년 12월 버뮤다 삼각지대에서 발견된 배.

소년에 대한 열망

불완전해서 완전해지려는 감정들

누가 흘린 것이든 눈물의 짠맛은
좀처럼 익숙해지지 않는다 불완전하게도
그런 것을 영원히 맛보고 싶다

부드럽게
아름답게
남모르게

상처 입어 더러워진 하얀 날개
다시는 명중하지 못할 불가능한 과녁이 아니라고
정말 아니라고

위험을 감수한 여행자만이 발견 가능한 별자리가
언뜻 길을 보여준
비밀스럽고 가파른 사다리

이제 기꺼이

불 꺼진 한밤의 유리 온실로 와장창 곤두박질치고 싶다

그래, 아직도 극에서 극이지만

극과 극 사이

사소하지만 무수한 극적인 길들을

어루만지려고 애쓰면서

고쳐 적을 수 없는 불투명한 과거와

그리고 미리 맛볼 길 없는 명백한 미래에 자리한

것들이 아닌 지금을

크고 검은 구두를 신은 소년

크고 검은 구두를 신고서
그 구두처럼 크고 검기 짝이 없는 세계를 헤맨 것 같은
낡아빠진 소년이 나의 꿈속을 방문한다

언제였나, 소년이 정말 소년이었을 무렵, 그러니까 크고 검은 구두를 신고 내 앞에 나타나기 얼마 전, 소년은 내게 제 인생의 단 하나뿐인 애인이 되어달라고 고백했다 왜 그랬니? 왜 그랬을까 환상은 뿌리가 건강하지 않아야 제멋대로 자라겠지 아무튼 그때 소년은 정말 소년다운 소년이었구나 하는 뒤늦은 슬픔 아아, 그때 나는 마침내 크고 검은 구두를 신고 나타난 소년 앞에서 질겅질겅 풍선껌을 씹다가 예쁘고 동그랗게 불어도 보다가 작별을 고했다 때마침 무덤처럼 후텁지근한 계절이 끝나서, 서늘해진 기온이 어제까지 그토록 너를 사랑하던 마음을 오늘 단숨에 식혀버렸구나! 인적 드문 공원에서 단물 빠진 풍선껌을 멀리 뱉으며 굿바이 열아홉, 갑작스런 통보에 어리둥절하던 소년아 스물아홉이 되고 싶었니? 그러면 내가 좋

아할 줄 알고? 그처럼 앞코가 번들거리는 맞춤구두라니
암흑처럼 검고 감옥처럼 큼직해 보이는 구두라니 내가 사
랑한 건 열아홉, 풍선껌을 좋아하던 달콤한 입맛과 지나
치게 굽이 닳은 운동화 게다가 네 편지에 대해 이제와 말
하자면 오스트리아의 수도는 파리가 아니란다 틀린 맞춤
법은 상관없었지만 그때 나는 사랑이라든가 믿음과 관련
하여 그 어떤 성공도 거두고 싶지 않았다 그런데도 네가
너인 순간을 네가 사랑하지 않았을 때 나는 끔찍해졌다
너에게서 나를 사랑하지 않는 나를 목격했으므로

　지금쯤은 너도 알았을까
　오래전 어느 날의 느닷없는 이별의 이유를

　믿지 못하면서도
　현재가 방부 처리되었으면 하고 굳건히 믿고 싶어하던
　어리석은 소년은 네가 아니라 나였다는 걸

계몽이란 무엇일까

시장市長의 엄중한 지시로
성곽복원공사와 도시정화사업이 진행되는 동안
소년의 내부는 무너져 내리고 있었다

소년이 되는 기준은 모호했다
소년은 소년이기도 하고 소년이 아니기도 했다
납득할 만한 이유를 요구하면
눈앞에 별이 보일 정도로 따귀를 맞거나
캄캄한 건물 밖으로 쫓겨나곤 했다

무엇이든 더럽히고 싶은 기분
너무 늦게 혹은 너무 빨리 비상착륙한 기분

자주
침을 뱉었다
돌멩이를 걷어찼다
주먹을 불끈 쥐었다

무허가 판잣집들이 모조리 걷히자 언덕은 말끔해지고
성곽은 튼튼하게 복원되었지만
소년은 스스로를 아름답다고 생각하지 못했다
숨어 흐느낄 장소가 없었다, 심심했다

외로웠던 건데 심심한 건 줄 알았다
냄새나는 골목이 사라지고
성곽 아래 비탈은 푸른 잔디로 뒤덮였으나
소년은 바르게 성장하지 못했다
뿌리를 크게 다친 묘목처럼

어느 밤
성곽의 후미진 곳에서 몹쓸 일을 당한 계집아이가
소년을 범인으로 지목했다
아니었지만
아니라고 부정하지 않았다

거울의 이면

거울을 떼어내자 둥근 형태가 벽에 남아 있다

창백한 얼굴
무표정한 슬픔이 지느러미를 쓸고 간 흔적이지만

어느 해 2월엔 예고 없이 눈이 내리고 내려
치명적인 과오를 지우듯
도로의 경계를 감쪽같이 지웠다
형편없이 취한 우리는
경계가 모호한 추운 밤을 향해 도시를 향해
뜻 없는 환호를 보내고는
각자의 환상을 가랑이부터 핥아나갔다
꼬리에 꼬리를 물고 피어오르던 환상은
봄이 오려고 하자 풀이 꺾였다
헤어짐은 앙상했고 감기약처럼 약간 썼을 뿐
결과를 반성하지 않는 계절이 다가왔다
한 영혼을 망치기에는 하룻밤으로도 충분했다

기대와 달리 너는 입이 너무 커
딱딱한 설교로 틀어막고 싶었던 나는
무엇을 시도하든 실패했다

너 이제 그만 네 집으로 가
끈적거려서 도대체 잘 수가 없어

어떤 것을 기억하려고 하든
거울은 일그러진 이력을 떠올려 내팽개칠 뿐
쨍그랑, 냄새 나, 별것도 아닌 게
입술 주변에 묻은 맥주 거품이나
거품을 닦아내던 뭉툭한 손끝 같은 게 뭐라고

무엇으로
지난날의 정당성을 판가름할 것인가
방문이 닫히듯 커튼이 내려지듯 명백하게

새로운 벽에 새 거울을 걸고 가볍게

하릴없이 외출할 것

난생, 처음인 듯

제
4
부

우리는 노래방에 노래 부르러 가지 않는다

흥겨운 노래가 기억나지 않는 저녁이면
우리는 노래방에 간다
술에 취해 우르르 몰려간다

어두컴컴한 노래방에 노래가 있을 리 없지
노래다운 노래를 부르는 사람이 있을 리 없지

노래방에서는 노래 부르지 못한다
노래 부르는 것처럼 보이는 어떤 형체들이
제 것 아닌 음정과 박자에 길들여지려고
힘겹게 비틀거리고 있을 뿐

반성이나 분노 없이 내지른
노래처럼 보이는
비명이라든지 신음, 절규가
요란한 탬버린 소리에 파묻힌다

하지만 박자와 음정, 가사가 분명한 것이
다만 노래라면 어떻게 우리는
어처구니없는 사랑에 빠질 수 있나
노래책에 기록된 노래만을 불러야 한다면
어떻게 우리는 태어날 수 있었을까
죽음도 마찬가지

일목요연하게 정리되는 애창곡 목록과는 달리
죽음은 항상 느닷없다
그래서 가끔씩 노래방은 불탄다
노래 부르지 못한 이들이 차례로 들것에 실려
노래방을 빠져나온다

타조

머리를
뜨거운 모래에 파묻고 있었으면서
그의 아름다운 눈동자를 들여다보았다고
길고 긴 편지를 썼다
너에게 편지하고 싶어서
모두에게

하나같이 고개 저을 때조차
나는 누구보다 아름답게 비행할 수 있다고
밤새도록 일기를 썼다
나도 해독할 수 없는 암호로
나에게

그가 나를 향해 손을 뻗은 적 있다
포옹하려는 게 아니라
관자놀이와 눈썹에 붙은 모래를 털어주려고

수취인 불명으로 되돌아온 깃털들이

챙 넓은 모자 혹은 검은 부채에 붙들려 여전히

당신이라는 영원히 낯선 나라의 국경을 기웃거리고 있다

루미놀*

목련

사립여자중고등학교 교정에서

흔들, 흔들, 흔들리는

단발머리 앳된 계집애들의 무수한 주먹

튀김만두

씹을수록 구미 당기는 소문

더러운 바람, 더러운 구름, 더러운 기름에 튀겨졌으나

판매율 단연 최고

번들번들

집게 모양을 한 엄지와 검지, 오물거리는 입술

사진관 사내의 흰자위

꽃무늬 벽지

딸랑, 문이 열린다 실내가 어두침침하다

촬영실 안쪽만 새로 도배한 벽

탐문수사 하던 형사들이 사내를 의심한 결정적 이유

증명사진

풀어 헤쳐진 앞섶, 피로 얼룩진 젖가슴

사진관 바깥에서

갈래머리 여고생의 확인되지 않은 미모가 인화될 때마다

대기가 뿌옇다

꽃샘추위

소도시 쓰레기 더미에서 발견되었다는

알몸 변사체

매점으로 몰려가는 파랗게 언 종아리들을 향해

잽, 잽을 날리는 목련 봉오리

* 혈흔 감식 물질.

어떤 꽃나무 소묘

유달리 탐스러운 어떤 꽃나무는 반드시

한밤중 외딴 창고에서 몰래 불태워진
작고 부드러운 옷가지의
임자를 알 것만 같아

다 탄 재를 바람에 황급히 흩뿌린 자의
얼굴도 생생히 기억할 것 같아

붕붕거리며 가지를 넘보는 꿀벌이 반갑지 않고
알랑대는 나비를 멀리 쫓아버리고 싶었을지 몰라

스스로 그럴 수 있었다면
가장 초라한 꽃나무가 되려고 애썼을 수도

그리하여 밑동이 잘려나가고 마침내 어느 날
뿌리째 뽑혀진다면

잔뿌리로 안타깝게 쓰다듬고 있던
희고 연약한 뼈들을 후드드득
세상에 내보일 수 있게 되어 눈물 흘렸을지도

유달리 탐스러운 꽃나무를 마주치면
나의 마음은 웬일인지
그런 극단적인 상상이 슬프게 앞장서

피리 소리

피리 소리가 들렸다
가지에 붙들린 흰 꽃들이 짙은 향기를 내뿜던 여름 저녁
시영아파트 베란다 창틀에 걸터앉아 내려다본
흔들흔들 흔들거리던 나의 가늘고 검은 두 다리와
저 멀리 꼬맹이들 몇이 모래 장난을 하던 놀이터

피리 소리를 들었다
흠잡을 데 없이 깨끗한 처음과 중간과 끝
전체라는 투명한 윤곽을 꼭 한 번 체험하였다
어떤 형태를 띠어도 아름다운
노을처럼, 노을에 젖은 모든 세상의 저물녘 구름처럼

수년간 행방을 모르던 어린아이들이
느끼기 어려운 감촉과 보기 힘든 색깔을 섬세하게 되짚어
실종 당시의 모습 그대로 홀연히 귀가할 것만 같은

피리 소리가 사라졌다

녹슨 철창살 너머와 흰 꽃의 여린 심장뿐 아니라
가볍게 몸을 날려도 아무렇지 않을 듯 가깝게 여겨지던
콘크리트 바닥 어디쯤으로 그런데 나는

그 피리 소리를 정말 들었던 건가?
호된 꾸지람을 이름표처럼 달고 다니던 시절
실용적 생각과 행동이 무엇인지 나는 알 수 없었고
어머니는 이따금 맥락 없이 나를 포옹해주었으나
이웃 사람의 뜻 없는 인사보다 거북했다 무척 오랫동안

참새처럼 뛰던 어린 가슴
피리 소리를 듣고 났을 때 나는
아름답다는 이유만으로 눈물 흘려도 괜찮다는 것을
이를테면 최초로 깨달았다고 할 수 있는데
나는 과연 그 피리 소리를 들었던 건가?

전갈

한밤

달아오른 쇠붙이를 삼킨 듯한 노파의 외침
쉬지 않고
아가— 아가!

한낮

철거안내장이 나붙은 골목에서 혼자 맴을 돌던 어린애
양팔을 날개처럼 활짝 펼치고
뜻 모를 소리를 묽은 침처럼 질질 흘리던

어느 밤

어둠이 완강하게 점령한 허물어진 골목
고춧가루 묻어 말라가는 밥그릇

벗은 발꿈치로 누군가
끈질긴 절망과 고통으로 빚어진 높은 난간 가장자리에
섰다

벌컥 창이 열리고 닥쳐, 닥치란 말이야!
어떤 입술은 무자비하게 외친다

그럼에도 이어지는 다른 삶들

별똥별

반짝, 탈출이 아니라 이탈
어둠 속에서 독 오른 꼬리를 바짝 세우고
부주의하게 신발을 꿰차며 비틀거리기를 노리는

햇빛 자물쇠

먼지 낀 툇마루에 웅크리고 잠이 들었다

으깨진 발톱에서
피를 흠뻑 빨아들인 걸레는 다시 뻣뻣하게 말라가고

눈물과 때가 얼룩진 손등
너무 일찍 떨어진 열매처럼 비리고 떫은 숨결

햇볕에 데워진 양은대야에 담겨 미지근한 물그림자, 대
문 옆 가지 열매의 쓸쓸한 보랏빛, 흙바닥에 떨어져 뒹구
는 빨래는 가장 흰 것조차 어두웠다 오래도록 걷히지 않
아서

철제 대문이 인기척도 없이 덜컹, 열렸다가
닫혔다

송곳니를 드러낸 커다란 개가 목줄이 팽팽해지도록 으

르렁거렸으나
　마당에는

　다만

　저편, 감귤나무 잎사귀와 잎사귀가 흔들린 찰나, 짙푸른 잎사귀가 잎사귀이기를 경계하며 어깨를 옹송그린 불가해한 빈틈

너무 이른,

가만히 앉아 창밖을 내다보고 싶었는데
쉬는 시간마다 아이들은 함부로 잡아당겼어요
엄마가 처음 입혀준 치마를 곱게 빗어준 머리채를
내가 모르는 노래를 부르며 뭐라고 놀려댔어요

전학 첫날 미술 수업
선생님은 동강 난 크레파스 몇 알을 손에 쥐여주었지만
자화상에 눈코입 어느 하나도 그려 넣지 못했는데
이후로도 번번이 아무것도 쓰지 못한 나의 공책은
아무렇게나 덮여버리고

소리를 갉아 먹는 벌레가 귓속에 사는 걸
어떻게 설명해야 했을까요

저기, 저거 보여요?
배추흰나비가 연둣빛 잎사귀에 슬어놓은
길고 노란 알들

어느새 몹시 따뜻해져서는 꿈틀거리는 거
아이들의 분별없는 발길질에도
화단의 꽃들은 무럭무럭 자라
까만 씨앗을 톡, 톡 떨어뜨리겠지요
빛나는 유리 가루 같은 눈이 쌓이겠고요

저런, 발밑이 축축해졌나요?
지린내도 나고요?
미안해요
젖은 가랑이 벌리고
얼마나 오래 수업 끝난 교실에 앉아 있은 건지 모르겠
어요
엄마는 나를 데리러 올까요?

막 부화한 나비 떼가
달아오른 내 귓불을 활활 스치며 날아올라요

이번에 태어난 세계는 너무 일찍

조용해요

어두워요

청색 대문

빗장 걸린
청색 대문이 컴컴한 저녁과 몸을 섞자
녹슨 경첩은 더욱 뻑뻑해졌고요

넘실넘실 담장을 넘어온 어둠은
얼핏 주인집 사라사 커튼의 냄새를 풍겼습니다
낯선 새와 꽃과 짐승의 냄새

문 두드릴 엄두를 내지 못했습니다
어머니는 쉽사리 빗장을 풀지 않았습니다

낮 동안 뛰놀았던 뜰은
가보지 못한 나라의 광활한 초원 같았습니다

눈물이 나려고 했지만 울긴 싫었어요
비탈 아래엔 압정보다 날카로운 창문들이 흩뿌려져 반
짝거렸어요

두근거리던 심장은 가파른 마흔일곱 층 혹은 마흔아홉 층 시멘트 계단 아래로 하강해 갔습니다 무성한 아카시아가 옹벽을 이룬 부근에서 나는 내 발소리에 놀랐습니다 달렸습니다 쏴아쏴아 텅 빈 놀이터를 둘러싼 나무들은 검은 눈을 빠끔히 연 어둠이 녹슨 미끄럼틀 아래 도사리고 있다고 쉬지 않고 을러댔습니다 막다른 골목이 싸늘한 등을 보이며 자꾸 나를 막아섰습니다 키 낮은 처마 밑 지린내 밴 시멘트 벽을 손바닥으로 훑어보았으나 지나쳐 온 길은 처음부터 없었던 것처럼 지워져 있었습니다 울음이 욕지기처럼 일었지만 어쩌지 못했습니다

　꺼질 듯한 횃불도 끊어질 듯한 실타래도 없었는데
　어떻게
　경첩 녹슨 청색 대문
　입구이자 출구였던 그곳으로 돌아왔는지
　기억나지 않습니다

마구 꺾었던 맨드라미 채송화는 전보다 더욱 붉어져 있
었지만
돌아온 다음 날 내다본 뜰은 이상하리만치
좁고 초라해져 있었습니다

내가 이전의 내가 아니게 되었습니다

그리고 아무도 없었는데

너는,

구불텅구불텅 빈 창자
재로 가득한 식은 아궁이
큼지막한 돌덩이
으깨진 발가락
활짝 핀 가지꽃
먼지투성이 쪽마루
떨어져 나뒹구는 하얀 빨래
검둥개의 절그럭거리는 목줄

걸레로 발가락을 싸매고
절뚝절뚝
축축하고 탱탱한 정적이 무더기로 돋은 뒤꼍까지 살폈
는데

뚜껑 열린 우물에서 넘실거리던

물이끼 냄새
어지러워

냉큼 돌아다보면 아무도 없었는데
우물에 머릴 들이밀자 누가 따라 들여다보았다

그렇지 않고서야
우물 안
구름 떠가는 푸른 하늘이 그토록 캄캄했을 리야

바른대로 대!
창백한 등 뒤에서
뒷덜미 낚아채 나를 길어 올린 너는,

나였어?

사춘기

풍선껌 같은 웃음을 거두려무나
이제 무르익었으므로
너의 발그레한 얼굴에 검뎅을 발라야겠다
거울이란 거울은 모조리 깨뜨려버렸다

어깰 움츠려!
봉긋한 가슴을 사내들이 탐내지 않도록

꿈결 같은 저잣거리, 너도 나처럼
무명 손수건에 고이 싼
붉은 열매
아무 사내에게 함부로 내민다면
안 되지

설마 했는데
계집애 다섯을 낳아야만 반드시
사내아일 얻는다던 관상쟁이의 틀림없는 말

뱀 새끼 같고 승냥이 같은 너희 중
가장 아리따운 것아
너는

애인 때문에 불행해진다는 점괘를 얻었구나
그러므로

뭣 하니, 울음 그치고 어서
사다리 없는 탑 꼭대기에 스스로 유폐되지 않고

쓸모 잃은 베틀에 먼지가 수북한 그곳에서 백골이 된
미래의 언니들을 쓰다듬으렴

요, 요구르트

식당에 딸린, 낮에도 전등을 켜는
그해 들어 처음 연탄을 땐 방, 바닥은 차츰 따뜻해지고
우리들은 엎드려

마침내 더는 다른 놀이가 생각 안 나, 나가지 마라 특히
나 공터에는— 꼼짝없이 갇혀, 졸려, 기다랗게 늘어선 포
장마찻집들 뒤편 우리들의 유일한 놀이터 지저분한 공터
에서 마구 자란 까마중처럼 다글다글한 동생들, 점심도
저녁밥도 불어터진 국수, 쉴 새 없이 국수 뽑는 기계를 돌
리는 엄마

펄펄 끓는 커다란 양은솥 같은 꿈속, 샛노란 구름이 꾸
역꾸역 몰려와, 쇠로 만든 구두가 발목을 삼켜, 시외버스
터미널 골목엔 호프집 잡화점 뱀탕집 여인숙 목욕탕 동시
상영관, 건고하고 높다랗게 스크럼을 짜고 하, 하하 웃어,
글쎄 포장마찻집 계집애가 공터에서 사내놈 여럿에게—

툭, 툭툭

　애야, 웬 낮잠이 그렇게 깊니 막둥이가 저렇게 울어대
는데, 요구르트를 사 오렴― 그래야지, 보채는 젖먹이를
달래야지, 그런데― 요, 요구르트를 사 왔는데, 빨대를 빠
트렸네, 다시 호, 호프집을 지나, 잡화점을 지나, 하아―
빠, 빨대가 있어야 하는데, 기껏해야 뱀, 탕, 집, 옆 구멍
가게가 어째서 가도 가도 아득히 먼 곳인지

　주세요, 어서
　기다란 요구르트 아니 달콤한 빨대를―
　미친 듯 울어댄 막내를 위하여
　젖처럼 진하고 향긋한
　요, 요구르트를 한 방울도 남김없이 빨아올릴 빨대를

　쇠로 만든 구두를 벗어젖히고 샛노란 구름을 헤치고
　우연히 우리들은 생환했어요―

자전거를 타자

자전거를 타자 집 나가 소식 끊긴 아버지를 잊자
자전거를 타자 아버지가 남긴 부채負債
끈질긴 걱정을 잊자

자전거를 타자
자전거 타기에 집중하자
아버지가 죽어버린 것이라면 하는 생각조차 잊자

자전거를 타자 뻘뻘 땀을 흘리자
자전거를 타자 땀 흘려 돈을 벌자
자전거를 타자 지루하게 돌아가는 하루하루
자전거를 타자 하루도 빠짐없이

자전거를 타자
세계 일주와 맞먹을 만큼 바퀴를 구르자
먹구름이 밀려와도 폭설이 쏟아져도 자전거를 타자
아버지가 진 빚을 기꺼이 갚자 자전거를 타자

자전거를 타는 동안
나는 자란다

자전거를 타자 아버지가 자전거처럼 좋아질 때까지
자전거를 타자 아버지가 거짓말처럼 돌아올 때까지

자전거를 타자 돌아온 아버지가 또다시 빚을 져도
자전거를 타자 아버지가 또다시 빚을 지면
자전거를 타고 낯선 나라로 가버리자
마지못한 것처럼 떠나자

아버지가 따라잡을 수 없도록
잘 단련된 종아리로
힘껏, 페달을 밟자

코끼리 천체

투명한 잉크로 답장부터 쓰고 만
당신에게 도착하지 않을지도 모르는

거대한 짐승의 발굽처럼 딱딱하게 발음되던
내 영혼의 이름이
간밤 꿈속의 중요한 그 무엇이었던 것처럼
알 수 없이 아름답고 슬퍼진 후

당신과 함께 걷는 동안에는
당신과 함께 걷는 법을 잊곤 했다

무한히 부풀어 오르는 비좁은 골목의 너비와
드넓은 광장 한복판에서의 갑갑함

몇 가지의 견해
튼튼한 밧줄, 집채만 한 바위, 여러 개의 기둥, 뾰족한 창
드러난 적 없는 전모에 대하여

낙담의 경계가 불분명한 해석과
얼룩덜룩한 추측을
참으로 좋아하지
쓰디쓰게도 쉽사리 중독되는 타인의 후일담을
우리들은

깊이 생각할수록 인간을 사랑하기 어렵고
더 깊이 생각한 후에야 인간을 사랑할 수 있다

매번 나는 그 지점에서부터
나와 당신 사이의 편지가 씌어지기를 희망한다

괴물의 발견

김 근 · 시인

이진희 시인은 「시인의 말」에 "나를 도저히 사랑할 수 없는 순간마다/ 내 안에 도사리고 있는 괴물을 사랑하려고/ 하루하루/ 살아왔다, 살아간다"라고 쓰고 있다. 누구에게나 괴물은 있다. 그러나 우리는 그 괴물을 마주하려 하지 않는다. 회피하거나 외면하거나 괴물 따위는 없다고 우긴다. 괴물을 마주하는 순간 우리 자신은 혼란에 빠질 것이고 그것은 매우 고통스러운 일이 될 것임을 어렴풋이 느끼고 있기 때문이다. 그러나 시인은 자신의 시집으로 들어가는 대문에 떡하니 괴물을 걸어놓았다. 자기 안의 괴물을 인정한 것도 모자라 "괴물을 사랑하려고/ 하루하루/ 살아왔"고 "살아간다"니. 결국 우리는 이 오래 기다린 첫 시집의 입구에서 괴물을 읽는 일부터 시작할 수밖에 없게 되었다. 그 괴물의 정체를 통해 이진희의 시가 어디로 가려 하는지 그 향방을 짐작해야 한다. 그리고 이 시집의 언어들이 어떻게 치명적으로 우리의 속살을 파고들어 내면에까지 이르는지 관찰하면서, 혹여 우리 내면에 괴물 한 마리를 낳아놓는 건 아닌지 조심하면서 더듬더

듬 이 시집의 페이지를 넘겨야 할지 모른다.

시인이 "나를 도저히 사랑할 수 없는 순간마다/ 내 안에 도사리고 있는 괴물을 사랑하려고/ 하루하루/ 살아왔다, 살아간다"고 말하는 순간, 시인 자신의 '나'는 안과 밖으로 분리된다. 이전에 알던 '나', 즉 분리 이전의 '나'로만 이루어진 세계는 더 이상 존재하지 않게 된다. 바깥의 '나'가 이전의 '나'라면, 안쪽의 '나'는 새로 발견한 '나'이며 그 '나'는 '괴물'을 품고 있다. 이 안쪽, 괴물을 품고 있는 '나'의 발견은 안과 밖의 분리 이전의 '나'를 '나' 표면으로 밀어내며, "도저히 사랑할 수 없는" 존재로 전락시킨다. 사랑의 대상이 '나'에서 '괴물'로 치환되는 것이다. 그러므로 "하루하루"는 이전과는 전혀 다른 시간이다. '괴물을 사랑하는 일'로 점철된 시간이며, 그러한 삶이다. 괴물을 발견한 자는 이전과 같은 시간을 살 수 없다.

실비아
실비아이기도 하고 실비아가 아니기도 한
모든 실비아
혹은 특별한 어떤 실비아

처절하게 이기적이고 싶은 실비아

착하구나 장하다 칭찬받고 싶은 실비아

날마다 자기를 부정하는 실비아 그래서 자신을

어느 날은 소녀라고 어느 날은 소년이라고

틀림없이 믿는 실비아

아무것도 아닌 먼지거나 쓰레기였다가

전능하기 짝이 없는 실비아가 되고 싶은 실비아

죽도록 살고 싶은 실비아 그래서

사는 게 헌신짝 같은 실비아 차라리

미쳐버리고 싶은 아름다운 실비아

(……)

무엇이 실비아를

머뭇거리는 실비아로 살게 망쳤을까

실비아가 망치는 실비아

망가진 실비아가 복원하려고 애쓰는 실비아

망가진 실비아를 복원하려고 애쓰는 실비아

—「실비아 수수께끼」 부분

　"실비아"는 시인 안에 도사리고 있는 괴물에 붙인 이름
이다. "이기적이고 싶"다가도 "칭찬받고 싶"기도 하고,

"소녀라고"도 "소년이라고"도 믿기도 한다. "먼지나 쓰레기"는 "전지전능"과 공존하고, "죽도록 살고 싶은"과 "사는 게 헌신짝 같은"이 공존한다. 이 모순은 오븐에 머리를 박고 죽은 시인 실비아의 모순이기도 하고 그 실비아의 이름이 붙여진 시인 자신의 모순이기도 하다. 또한 이러한 동일시 자체에서 기인하는 것이기도 하다.

이 시집 곳곳에 드러나는 아버지, 이를테면 분노에 골몰하느라 늙기만 한 아버지(『불완전한 선회』)나 부채만 남기고 집 나간 아버지(『자전거를 타자』)의 이미지를 통해 드러나는 오이디푸스 콤플렉스는 시인 자신의 내면에서 괴물을 발견하게 하는 하나의 원인으로 작동하면서, 그 역시 오이디푸스 콤플렉스 영향하에 있던 실비아 플라스를 자신의 내면과 동일시하는 데 영향을 미쳤을 것이다. 그러나 이 동일시는 삐걱거린다. 그 삐걱거림은 죽은 실비아 플라스와 아직 살아 있는 시인의 동일시라는 모순적 상황이 이미 예정하고 있던 일인지 모른다. "무엇이 실비아를/ 머뭇거리는 실비아로 살게 망쳤을까"라는 모순된 문장은 그러한 동일시의 삐걱거림을 잘 보여준다. 실비아 플라스라는 이름을 끌어들이는 순간, 삶과 죽음 사이에 즉시 가치의 전도가 일어나고 만다. "머뭇거리는"은 죽음에 대한 머뭇거림이며, "망쳤을까"는 삶의 것이 된

151

다. 이 역설 속에서 "실비아이기도 하고 실비아가 아니기도 한/ 모든 실비아/ 혹은 특별한 어떤 실비아"이기도 한 이 '실비아'라는 기표들은 서로 기의를 바꿔가며 스스로를 망치고 망가뜨리고 있다. 그러면서 "실비아 수수께끼"라는 혼돈을 가중시킨다.

시인은 이 수수께끼를 "언젠가는 끝내야 할, 끝내고 싶"다고 말하고 있지만, 그 문장들 앞에 "끝나지 않을"이라는 수식어를 붙임으로써 실패를 예감하고 있다. 수수께끼를 푸는 일은 불가능한 일인 것이다. 그럼에도 시인은 왜 이 혼돈과 불가능을 "사랑하려고" 애쓰는 것일까? 그것은 "나를 부정하는 동안에만 나를 실감할 수 있"(「타원」)기 때문이다. 내가 나라고 믿어왔던 모습을 부정해야만 본래 나의 모습을 발견할 수 있다는 말이다. 그 모습이 사랑할 수 있는 모습이든 사랑할 수 없는 모습이든 본래의 나를 발견하고 그 모습을 긍정해야만 온전하게 나를 사랑할 수 있는 토대가 마련된다는 말이다. 궁극적으로 이 사랑의 목적은 나를 사랑하는 것이다. 시인의 괴물은 곧 나를 진정으로 사랑하기 위한 수단으로 선택됐다고 할 수 있다. 나의 부정은 실은 진정한 나에 대한 긍정을 위한 토대임에 다름 아니다.

문제는 자기 안의 괴물을 발견한 사람의 눈으로 보는

세계가 이전의 세계와 결코 같을 수 없다는 사실이다. 그는 안정된 나의 표면 아래 깊숙이 괴물이 도사리고 있듯이 완전하게만 보이는 세계 안에도 괴물이 도사리고 있다는 것을 깨달은 자이다. 그는 필연적으로 자신을 둘러싼 세계 속에 감춰진 괴물을 발견하려 한다. 그리고 그 괴물을 통해 세계를 다시 읽으려 한다.

이진희는 이 시집에서 프랑켄슈타인이 창조한 괴물을 불러들임으로써 자신을 둘러싼 세계 속에 숨겨진 괴물에 접근해간다.

오, 메리 셸리

배꼽 없이 탄생한 내가 빨아보고 싶은 젖꼭지

당신을 엄마라고 불러야 할지 아빠라고 생각해야 할지

당신이 나의 이름을 부르지 않아서

프랑켄슈타인 박사는 내 이름을 짓지 못했다

나라는 조각들을 이어 붙였을 뿐

(……)

북극으로

더 북극으로 가서 북극곰처럼 예민하게 외로워졌지

북극보다 차고 외로운 존재들로 나는 구성되었다
산 것의 냄새를 맡은 지 오래된
북극곰처럼 난폭해졌지
난폭하게 굴다 덜컥 죽어버리기로 작정했지

죽도록 외로워서
당신을 없앨 방법을 찾아내지 못해서
프랑켄슈타인을 죽이고 말았다
그러고도 나는 천국은커녕 이름을 얻지 못했으니

한 페이지도 읽은 적 없으면서
나를, 이름 없는 나의 심정을 안다고 생각하는
이에게 당부한다, 한 번쯤 아름다운 상상력을 발휘해
나의 이름을 무어라 하면 좋을지
아파해달라고

—「프랑켄슈타인」 부분

짐작하다시피 이 시의 화자는 영국의 작가 메리 셸리가 1818년에 발표한 소설 『프랑켄슈타인』의 괴물이다. 특이한 점은 이 시의 화자 즉 괴물의 목소리가 『프랑켄슈타인』이라는 텍스트 외부를 향해 있다는 점이다. 그 텍스트 외부에는 두 명의 청자가 있다. 자신의 진짜 창조자—소설에서 괴물의 창조자는 빅터 프랑켄슈타인 박사이다—인 저자 메리 셸리와 『프랑켄슈타인』을 피상적으로 알고 있는 독자(『프랑켄슈타인』의 독자라기보다는 이 시의 독자)에게 괴물은 이야기하고 있다. 괴물의 이야기에서 핵심은 바로 '이름'이다.

괴물은 "당신이 나의 이름을 부르지 않아서/ 프랑켄슈타인 박사는 내 이름을 짓지 못했다"며 메리 셸리를 질타한다. 이름이 문제가 되는 것은, 굳이 김춘수의 「꽃」을 떠올리지 않더라도, 그것이 있음과 없음의 징표이기 때문이다. 이름이 없는 탓에 그는 죽어서도 "천국"을 얻지 못했다. 이름이 없는 탓에 그는 영원한 안식과 구원을 얻지 못했다. 괴물 입장에서 보면 이름이 없다는 사실은, 메리 셸리와 빅터 프랑켄슈타인 박사에게 자신은 부정된 존재이며 아예 없는 존재와도 같다. 그들에게 괴물은 어떤 의미도 아니기 때문에 그들과 괴물 사이에는 어떤 관계도 형성되어 있지 않다. 그들과 어떤 관계도 맺지 못했으므로 괴물은 "차고 외로운 존재"일 수밖에 없다. 그러므로, 괴물에게 메리 셸리는 "내가 빨아보고 싶은 젖꼭지"이지만, 그녀를 "엄마라고 불러야 할지 아빠라고 생각해야 할시" 괴물은 알 수 없다. 그것은 빅터 프랑켄슈타인에게도 마찬가지다.

둘의 차이점이라면 한 명은 이야기 바깥에 있고 한 명은 이야기 속에 있다는 것이다. 괴물이 이야기 바깥 즉 이야기 창조자에게 문제 제기를 한다는 것은 이야기 속 자신의 창조자에게 문제 제기를 하는 것보다 더 근원적이다. "내 존재의 기원을 얼마나 저주했던가!"[1]라고 빅터 프랑켄슈타인에게 외치던 괴물은 이 시에서, 온통 상징으로 둘러싸인 자신과 빅터가 속한 세계에 메리 셸리라는 보다 더 근원적인 실재를 끌어들이고 있다.

프랑켄슈타인 서사가 우리에게 위협적인 까닭은, 괴물이 인간에게 질문을 하는 순간 인간의 정체성이 심각하게 위태로워지기 때문이다. "당신은 내게 인지력과 열정을 주어 놓고선 세상 밖으로 내팽개쳐 인간의 경멸과 공포를 사게 만들었소. 내가 동정과 보상을 요구할 사람은 당신뿐이었으므로 당신에게서, 인간의 모습을 한 다른 존재에게서 헛되이 구하려 했던 정의를 찾기로 했소."[2]라고 괴물이 빅터에게 말할 때, "인간의 모습을 한 다른 존재"라고 굳이 빅터를 지칭한 것은, 그가 인간에 대한

---

1) 메리 셸리 지음, 오은숙 옮김, 『프랑켄슈타인』, 미래사, 2002. 206쪽.
2) 같은 책, 같은 쪽.

처절한 회의를 경험했기 때문이다. 괴물은 인간에 의해 창조되었으나 인간에게 버려졌으며, 외롭게 인간성을 익혔지만 도리어 그 인간들에 의해 철저하게 경멸당하며 공포의 대상으로 전락할 수밖에 없었다. 괴물은 마침내 인간 자체를 회의하기 시작한다. 그러면서 묻는다, 빅터에게, 또 우리에게. 당신은 정말 인간인가?[3] 당신들의 세계는 정말 인간적이라고 말할 수 있는가?

괴물이 메리 셸리에게 한 질타(혹은 질문)가 기원적이라면, 이 시의 독자들에게 한 주문은 사후적이다. 전자가 과거의 시간에 대해 회의와 반성을 요구하는 말이라면, 후자는 현재와 미래의 시간에 대해 역시 회의와 반성을 요구하는 말이다. 『프랑켄슈타인』의 현재와 미래의 시간에서 문제되는 것은 역시 이름이지만, 여기서 한 가지 더 추가되는 문제는 "한 페이지도 읽은 적 없으면서/ 나를, 이

---

3) 이 질문은 매우 복잡하다. 여기에는 인간은 태어나는 것이냐(being-human), 혹은 되는 것이냐(becoming-human)라는 두 가지 선택지를 내포하고 있다. 즉, 인간으로 태어났다고 반드시 인간이라고 할 수 있는가, "배꼽 없이 탄생"해(인간으로 태어나지 못했거나 인간에 의해 창조되어) 겉모습은 비록 일반적인 인간의 형상과는 거리가 멀다고 해도 그가 인간이 되려고 노력하고 인간성을 획득해서 마침내 인간으로 살고 있다면 그는 인간인가 아닌가,라는 질문으로 풀이할 수 있는 선택지 말이다. 이 질문에 맞닥뜨리는 순간 인간으로서 우리의 정체성은 급격하게 위태로워진다. 후자를 인간으로 인정하는 순간 우리는 순식간에 혼란에 휩싸이게 된다. 나는 정말 인간이라고 말할 수 있는가.

름 없는 나의 심정을 안다고 생각하는" 것이다. 이 추가 사항이 괴물에게는 훨씬 더 심각하다.

소설 『프랑켄슈타인』을 한 페이지도 읽은 적 없지만 우리는 괴물에 대한 이미지를 갖고 있다. 영화와 대중문화가 캐릭터화한 괴물 이미지는 얼굴과 목에 실로 꿰맨 자국이 있고 때에 따라 관자놀이 부분에 커다란 볼트를 꽂고 있는 형상으로 표현된다. 시에는 등장하지 않지만, 실은 많은 대중문화 속에서 괴물은 자신의 창조자인 '프랑켄슈타인'이라는 이름으로 대체[4]된다. 이름이 오해되고 있는 것이다. 사람들은 '프랑켄슈타인'이라는 이름으로 괴물의 없는 이름을 대체한 채, 괴물의 거대한 존재론적 질문도 거세한 채, 괴물을 한갓 대중문화의 우스꽝스러운 공포 캐릭터로 전락시켜버렸다. 그러면서 너무도 쉽게 그 괴물을 다 안다고 생각하는 것이다.

이 시의 괴물은 『프랑켄슈타인』의 현재와 미래의 시간 속에 속한 이 시의 독자에게 말한다. "한 번쯤 아름다운

---

4) 그런데 이 프랑켄슈타인으로 대체된 이름은 재미있다. 창조자와 창조물의 이름이 같아진 것뿐 아니라, 따지고 보면 인간과 괴물이 이 이름 안에서 동일시되고 있다. 괴물은 인간이고, 인간은 괴물인 셈이다. 이름을 통해 인간과 괴물은 그 가치가 전도된다. 그러나 그것은 어디까지나 오해에서 비롯된 것이다. 이 이름에는 인간과 괴물에 대한 어떤 존재론적 질문도 들어 있지 않다.

상상력을 발휘해/ 나의 이름을 무어라 하면 좋을지/ 아파해달라고". 즉 당신들의 세계에 불완전하고 혼돈 그 자체인 괴물이 존재한다는 사실을 인정해달라고.

괴물은 어쩌면 인간과 세계의 이면에서 끊임없이 인간과 세계에 존재론적 위해를 가하기 위해 태어난 (비)존재인지 모른다. 인간의 입장에서 보면 괴물은 태어나지 말았어야 할 존재다. 가지런히 정련된 세계에서 보면 괴물은 혼돈 그 자체이다. 인간과 세계가 괴물에게 이름을 붙이지 않는 것은 그러므로 당연한 일인지 모른다. 인간의 입장에서 이 시를 다시 뒤집어 살펴보면, 우리가 이 세계에서 차마 마주하고 싶지 않은 실재(괴물)가 우리에게 불쑥 얼굴을 내밀고 인간과 세계에 대해 반성과 회의를 요구하고 있는 셈이다. 그러므로 괴물이 메리 셸리를 호명함으로써 자신이 속한 세계에 실재를 끌어들이는 순간, 메리 셸리와 우리가 속한 세계는 괴물을 감춰두고 부정하려고 했던 자신의 맨얼굴(실재)을 적나라하게 드러낼 수밖에 없다. 괴물이 발견된 세계는 이전과는 같은 세계로 존재할 수 없게 되는 것이다. 괴물이 발견되는 순간 세계는 안과 밖으로 분리된다.

그렇다면 시인이 마주하고 있는 세계는 어떤 모습인가.

예측할 수 없어 불안하지만

이해 못할 것도 없는 불행

확고한 신념이 불러일으키는

오류, 광기, 맹목을 회의하지 않는 세계에서라면

올바른 식생활법과 그에 따른 필수불가결한 예절과 힘을

전파하느라

침을 뱉는다

울타리를 부순다

총을 쏜다

인적이라곤 없는 지도의 불확실한 지점에 폭탄을 떨어뜨

리는 일쯤이야

그리고 나서 똑바로 피어오르는 연기를 보고 성호를 긋지

사랑하는 나의……로 시작되는 전장의 편지

더할 나위 없는 간절함

순식간에 분노로 변질되곤 하는 그리움

—「탄생 기념일」부분

시인이 속한 세계는 "확고한 신념이 불러일으키는/ 오

류, 광기, 맹목을 회의하지 않는 세계"이다. "올바른 식생

활법과 그에 따른 필수불가결한 예절과 힘을 전파하느라" 울타리를 부수고 총을 쏘는 세계이며, "인적이라곤 없는 지도의 불확실한 지점에 폭탄을 떨어뜨리는 일쯤이야" 아무렇지도 않게 여기며 그곳에서 "피어오르는 연기를 보고 성호를 긋"기만 하면 되는 무서운 세계이다. 이진희의 시에서 이 세계는 "어떤 A들을 섭렵하고는 그들을 형편없는 a로 치부"(「a」)하는 대문자 A로 대표되는 폭력적인 성장과 차별의 세계이며, "고쳐 적을 수 없는 불투명한 과거와/ 그리고 미리 맛볼 길 없는 명백한 미래에 자리한/ 것들이 아닌 지금"(「소년에 대한 열망」)처럼 출구 없는 세계이다. 그럼에도 "피부라는 한 겹 껍질에 둘러싸인"(「탄생 기념일」) 매끈한 세계, "추위나 폭염이 배고픔이나 피곤이 채찍이 손가락질이 슬픔이/ 없다"(「봄날의 어느 푸른 당나귀 꿈」)고 우기는 세계이다.

시인의 괴물은 바로 이러한 세계의 맨얼굴이자 그 세계에 반성과 회의를 요구하는 존재이다. 괴물은 시인이 이 세계와 맞서기 위해, 궁극적으로는 이 세계를 사랑하기 위해 선택된 (비)존재라고 할 수 있다. 시인이 사랑하려고 애쓰는 것들은 자신을 포함한 인간과 세계는 완전하다고 생각되는 인간, 완전하고 안정되었다고 확고하게 주장하는 세계가 아니라, 불완전하고 불안정한 또 다른 인간, 괴물이며, "불쾌하고도/ 불완전한 시절"(「종소리」)의 세계이다. 시인은 이렇게 세계가 불완전하다고 인정하고 그러한 세계를 사랑하려고 애쓰고 있는 것이다.

저 구름 멀리 흘러가는 곳

멀리 아주 멀리

흘러가는 그곳에서

나는

왔다 구름과 함께

이곳으로

햇빛과 함께

초록빛 어지러운 소음, 출렁이는 물결과 함께

울음의 연주자처럼

슬픔의 연구자처럼

검은 베일을 발끝까지 늘여 쓰고

구름과 함께하지 않은 날

없었다

명약관화한 날

없었다, 불균형, 불완전, 불일치의 나날

예측할 수 없어서

태어났다 나는 그렇게

태어나 살다가 죽을 것이다 마침내

오직 구름만을 사랑한다던 시인을 그러므로 나는
사랑한다, 구름과 함께
죽은 다음의 일을 알고 싶지 않다

저 구름
멀리
흘러가는 그 어느 곳에서
뭉게뭉게 나는
만들어졌으니까
언젠가 아름답게 흩어질 테니까

———「저 구름 멀리 흘러가는 곳」 전문

　그러므로, 위의 시를 단순한 허무주의로 읽으면 곤란하
다. 모든 것이 확고하게만 보이는 세계에서 시인이 할 수
있는 일은 "명약관화한 날"은 없었다고 읽어내는 일이며
"불균형, 불완전, 불일치의 나날"을 드러내는 일이다. 그
것은 외팔 괴물이 "금속성 고함을 부끄러움 없이 내지르
는" 강변에서 "모래가 전부 사라진 모래 꿈/ 물고기가 한
마리도 없는 물고기 꿈/ 우리가 없는 우리의 꿈"의 실체를

163

폭로하고 "우리는 익사할 것이다/ 어느 날 한꺼번에"(「흐르고 있었다」)라고 예언하는 일이며, 스스로 "울음의 연주자", "슬픔의 연구자"가 되어, 이 쓸모로만 가득한 세상에 대해 "살아 있는 동안은 물론 죽은 뒤에도/ 영 쓸모없어지고 싶어요"(「나의 쓸모」)라고 노래하는 일이기도 하다. 그리하여 마침내는 이 세계에 자신을 확고하게 각인시키는 것이 아니라 구름처럼 "언젠가 아름답게 흩어"지는 일을 꿈꾸는 일이다. 말하자면 이 시는 시인 자신의 존재론이면서, 이 시대 시인의 존재론이기도 하다.

이런 시적 태도를 지닌 시인이라야, "불행한 일일까 행복한 일일까" 의심하면서도 "거침없는 확장이 아니라 섬세한 확대를/ 불완전한 사상보다는 불안정한 시상詩想을/ 믿는"(「도마뱀 수프」) 시인이라야, "당신이라는 영원히 낯선 나라의 국경"(「타조」)을 넘어 "나와 상관없는 것의 고통"(「나와 상관없이」)과 연대할 수 있고, "미래가 되기 위해 생생해지는 현재의 감각"(「어디나 천사들이」)을 비로소 알아차릴 수 있다고 이진희는 시집을 통해 이야기하고 있다. "아름다운 것들은/ 아름다운 것으로부터만 태어나지 않는다"(「천사들」)는 말은 그러므로 아름답게 보이는 것들의 속살을 비집고 그 안의 고통스럽고 추한 맨살을 마주해야만 비로소 아름다운 것들이 보인다는 말이다.

괴물을 인정해야 비로소 '천사'들이 보인다는 말이다. 그
제야 세계를 온전하게 사랑할 수 있다는 말이다.

> 깊이 생각할수록 인간을 사랑하기 어렵고
> 더 깊이 생각한 후에야 인간을 사랑할 수 있다

> 매번 나는 그 지점에서부터
> 나와 당신 사이의 편지가 씌어지기를 희망한다
> ─「코끼리 천체」 부분

따라서 이 시의 "깊이 생각할수록 인간을 사랑하기 어
렵고/ 더 깊이 생각한 후에야 인간을 사랑할 수 있다"는
말에서 "더 깊이 생각한"다는 것은, 결국 인간과 세계에
도사리고 있는 괴물을 발견하고 인정하는 것일 수 있다.
이 문장은, 모두에 인용한 「시인의 말」 "나를 도저히 사
랑할 수 없는 순간마다/ 내 안에 도사리고 있는 괴물을
사랑하려고/ 하루하루/ 살아왔다, 살아간다"는 문장과
겹친다. 이 문장을 이렇게 바꿔보면 어떨까. "인간을 도
저히 사랑할 수 없는 순간마다/ 인간 안에 도사리고 있는
괴물을 사랑하려고/ 하루하루/ 살아왔다, 살아간다". 또
뒤의 문장을 "깊이 생각할수록 나를 사랑하기 어렵고/ 더

깊이 생각한 후에야 나를 사랑할 수 있다"라는 문장으로 바꿔보면 어떨까.

시인이 괴물을 사랑하는 일은 "불완전한 알몸을 편견 없이 받아들"(「Y에게」)인 뒤 진정으로 나와 당신이 만나는 일이며, 서로의 편지를 다시 쓰는 일이며, "아름다운 상상력을 발휘해"(「프랑켄슈타인」) 이 세계를 새롭게 이름 붙이는 일이다. 그리고 그 모든 일은 사랑으로 귀결된다.

이진희의 시가 자신이든, 인간이든, 세계든 그들을 진정으로 사랑하기 위해 부정에 부정을 거듭하며 씌어지고 있다는 점을 우리는 이 시집을 통해 확인할 수 있다. 그리고 이진희에게 나를 사랑하는 일과 인간과 세계를 사랑하는 일이 서로 다르지 않고 등가적 가치를 지니는 일이라는 점도 확인할 수 있다. 바로 그 진정한 사랑을 향해 이진희는 걸어갈 것이다. 뚜벅뚜벅, 어쩌면 절름거리며, 또 어쩌면 겨우겨우 숨을 모아쉬면서도, 비록 그 사랑이 불가능하고 실패의 예감을 그 안에 품고 있다고 하더라도 말이다. 어쩌면 그 길에서 새로운 괴물들이 마구마구 발견될지도 모르지만, 결코 멈추지는 않을 것이다. 그것이 시인의 일이기 때문이다.

아무리 조심조심 읽어도 결국 이진희의 시는 우리에게 괴물을 낳아놓을 것이란 예감을 떨칠 수 없다. 기필코 우리에게 혼란스럽고 고통스러운 시간이 찾아오고야 말 것이다. 이진희의 시집을 읽고 난 뒤 만약 당신의 저 깊숙한 곳에서 괴물이 발견된다면, 외면하지만 말고 회피하지만 말고, 사랑하려고 애써볼 일이다. 그러면서 당신의 이야기를, 당신을 둘러싼 세계의 이야기를 다시 써볼 일이다. 떠듬떠듬. 불가능한 세계를 향해, 한 발 한 발 내디디면서.